사랑부전나비를 위하여

이은란 시집

사랑부전나비를 위하여

달아실기획시집
23

달아실

일러두기

1. 본문에서 하단의 〉는 '단락 공백 기호'로 다음 쪽에서 한 연이 새로 시작한다는 표시임.
2. 보조 용언과 합성 명사의 띄어쓰기 등 본문의 맞춤법은 시인의 의도에 따른 것임.

시인의 말

왜 시를 읽어?
왜 시를 써?
누군가 묻는다.
그냥 좋아서….

시가 어느 날 내게로 와서
말을 건네고 입맞춤했다.
그 온기로 내 체온이 길들어진다.
가끔은 투정도 하고
가끔은 냉정하기도 하지만
돌아갈 수 없는 길 위에서 밀고 당기며
함께 즐거운 비명을 지른다.

내일을 향해 나가는 길에
'이유 없이 그냥 좋은' 詩를 위해
첫 증표를 하나 남긴다.

2022년 11월
이은란

차례

2부

3부

4부

1부

황진이

이 짧은 봄
사내는 스쳐가는 바람
포장마차에 홀로 앉아
소주 한 잔 혀끝에 써요
청계천에 2월의 눈이 쏟아지더니
쌓이지도 못하고 사라지네요
노래를 부르고 춤을 추지만
이제 사내들 위한
시는 쓰지 않겠어요

밤의 노래

어둠이 어둠 덮으면
골목길 누비던 어미 길고양이
새끼 고양이 품는다
바람과 나비의 기억을 품는 풀잎
어둠의 밑뿌리까지 퍼진 달빛은
비었던 공간 곳곳을 채운다
뿌리내린 것이든 떠도는 것이든
내려앉은 달빛으로 성숙해지는 밤
뒤늦게 도착한 별빛이
나직나직 자장가가 되어 스며든다
엄마의 젖가슴 냄새를 꿈꾸며
밤마다 자라는 것들은
내일은 울지 않겠다고
제 몸에 한 편의 일기를 쓴다

사랑부전나비를 위하여

거미줄에 걸린 듯
몇 년,
남자와 살아봤다는 여자

열 평 꽃그늘 네일아트 가게로 출근하는 여자

쉬는 날도 출근해 길고양이 밥 주는 여자

하루 열두 시간 손톱에 꽃가루 얹혀
여인들 가슴에 여우불 놓고

자신은 고치로만 살 것 같은 여자

때론 봄이
별스럽게 온다고
허물 벗고
날아보라면

유리창 너머 햇살 향해

깔깔 웃어주는 여자

'나비야'
길고양이 부르는 소리
오후 3시 햇살 가르는
사랑부전나비 그 여자

여자의 첫사랑 유효 기간에 대하여

한없이 높던 한남동 언덕길
가로등 불빛 아래 민들레 한 송이
쪼그려 앉아 오래 바라보았어
별과 별 사이가 멀어진
겨울 지나 첫 번째 봄
피는 데 걸린 시간보다
지고 난 시간을 더 오래 견뎌야 했지
소녀 시절은 수없이 바람에 흔들렸어
이젠 눈물을 훔쳤는지 기억조차 없는데
가끔, 아주 가끔
가슴속에서 몰래 피어나
화석이 된 줄 알았던 홀씨 하나 흔들
이런 젠장! 어쩌라고!

선운사 꽃무릇

나풀나풀 손사래 친다

함부로 말하지 마세요, 내 사랑

끝나지 않은 사랑
담장 넘은 그리움 터져버려
심장이 소리 지른다, 빨갛게
하늘에서 시작되어 땅 위에서 펼쳐지는
한 여름의 불꽃놀이

절대 발병나지 않겠다고 쓰는 혈서
다시 올 날 있어 눈물 아니 흘린다는
굳은 서약 온 산에 펑펑 터진다

하나의 불꽃을 위해 망각을 버리는 용기

사랑은 끝없는 것이라
붉은 입술 냉큼 쏴붙인다

이룰 수 없는 사랑이 아니라니까요

두물머리에서

함부로 만남을 말하지 않으리
만남에서 사랑으로 가는 길
뒤섞여 하나 되며
너와 내가 구별되지 않는 것
함께 흔들리며
잃기 위해 자신을 태우는 두 몸의 뜨거움
그 열기로 뿜어내는 물안개
수종사를 향해 합장하고
세미원의 연꽃들 덩달아 제 몸 달구며
뿌리 깊어진다
두물머리에 와서
이제야 너를 보낸다

천일취

웃고 있었지
더 취한 네가
당신 너무 취했어 말했던가

세상은 제대로 보여주었지
비딱해진 건물이 바로 서고
뒤틀어진 꿈은 벌떡 일어났으니까

우리의 탱고 리듬은
태풍의 눈 속으로 사라졌어
젠장, 거리가 울렁거리네

너를 버려 내가 사는 법
내 그림자 안고 춤을 추는 밤
속삭이는 목소리

더 독한 술이 필요해
지금 깰 순 없어

겨울잠

사랑은 몇 도에서 얼어버릴까

한파주의보가 날아오고
찬바람을 안아보겠다고
거리로 나서 햇빛을 따라 걸었어
모자로 머리를 가리고
선글라스로 눈을 가리고
둘둘 마른 목도리로 입과 코를 가렸지

햇살은 멀리 있어
온기도 도착하지 못한 시간
눈발이 조금씩 시작되는데
길 위에 흑백의 생각들을 내려놓았어

뒤를 돌아보지 않을 거야
하얗게 변하는 거리에서
모든 것이 얼어버리길 기도해

머리가 조금씩 차가워지고

이제 긴 겨울잠을 자야지
편하게, 우아하게

그리움은 몇 도에서 얼어버릴까?

동백의 노래

제주 바닷가 동백나무 되겠어요
봄여름 가을 피고 지는 꽃들 바라보다
긴 시새움으로 숨죽여도 좋아요

봄 안개 너머
유채꽃 위로 흰 나비 떼 가득할 때
애끓던 마음 가슴에 담아
한 겹 한 겹 접어가겠어요

여름 파도에 흔들려도
가을 동박새 울음으로 다잡으며
육지로 떠난 그대 발걸음
다시 돌아오겠다는 약속을 기억해요

붉디붉게 타오르다
함박눈으로 찾아오신 그대
하얀 옷자락에 뚝 뚝 떨어져
물들어 번져가며 놓지 않겠어요

검정고무신

검정고무신에 하얀 마가렛 피었네
암 병동 휴게실에 앉은 그녀
붓 들어 마가렛 그리며
사랑이 다시 오려나 점을 쳤다네

겨울은 그녀의 메마른 등 떠밀고

아무도 오지 않는 뜰
한창인 봄꽃 너머
울타리 안에 엎어진 개밥그릇
옆에 앉아 졸고 있는 검정고무신 위
마가렛 몇 송이는 봄날인데

흰 나비 한 마리
다가올 듯 말 듯
사랑을 점치네

불온한 봄

5월의 눈이
가버린 애인의 뒷모습처럼
소문을 안고 왔다가
흔적도 없이 사라지네
완성되지 않은 채
떠날 준비를 서두르며
불안한 왈츠를 추던 봄
슬퍼도 꽃은 오고
기뻐도 꽃은 가는데
이별의 시간은
사랑했던 시간을 넘어서며
떠난 이의 안부가
절대 궁금하지 않다고
떨어진 꽃잎을 지그시 밟네

10월의 첫눈

설악산 대청봉에 첫눈이 쌓였다네
단풍은 아직 다 내려오지도 못했는데
첫눈이 성급하게 먼저 왔다네

꽃이 진 길
이별도 노래하지 못한 채

시침 떼고 내려앉은 첫눈의 침묵

산을 향하는 길
걸음마저 꼬이네

발걸음보다 먼저 앞서는
마음, 마음

남편

기대고 싶다고 할 때
아버지의 어깨처럼
버팀목으로 내밀더니
반백의 머리로
나의 어깨에 기대는 남자

안기고 싶다고 할 때
아버지 가슴처럼
강물로 감싸더니
가뭄 든 가슴으로
나의 가슴에 안기는 남자

남의 편이라고 하지 말자

호젓한 길에서
무섭다고 할 때
걱정하지 마라
아직은 큰 소리쳐주는 남자
〉

자식보다 내가 우선이라 말하며
아들딸에게 가는 길 먼저 나서는 남자

함께할수록 내가 닮아가는 남자
함께할수록 나를 닮아가는 남자

다시 봄

당신은 화성행
나는 금성행 열차를 탑니다
나와 당신 사이 최단 거리 1,200억km
지하철 2호선 순환열차를 탄 우리의 봄은
제자리로 돌아오지 못하고
우리의 계절은 끝이 납니다
벚꽃 문신처럼 남겨진 당신의 입술
문득 2호선 시청역에 서면
엇갈려간 당신의 봄이 언뜻대고
열차는 염병할 거리며
긴 시간 속으로 빠져 갑니다
다시 봄비 내리고
지금, 나의 별에는
또 다른 봄이 한창입니다

자작나무 숲에서

괜찮아 괜찮아
숲의 수화手話에 몸을 맡겨요
한 번쯤 높이 날고 싶어
나비가 되는 꿈을 꾸었지요
휘젓던 팔을 허공에 매단 채
하늘을 그리워했던가요

뿌리내리지 못한 지난겨울의 말들은
넘쳐흘러 서로의 상처가 되었지요
옹이를 끌어안은 나무가 겨울을 잊고
새 계절로 들어서듯
5월, 지난 기억을 버린 우리 곁에서
숲은 새 이야기를 들려주네요

봄, 봄
입술을 동그랗게 벌리고
소리 없는 말을 뱉으면
번데기의 우화가 시작되네요

당신도 여기 한 그루 나무로 서 있군요

비밀 하나, 보이지 않는 사랑

쉿! 당신만 알고 계셔요

잘 '먹고' 잘 '싸자'가 나이 들며 생긴 생활 철학인데 항문에 상처가 나서 잘 '싸는' 일이 힘들었어요 굳은 결심으로 항문 전문 병원 수술대에 올랐어요 학문과 항문이 같이 읽어져 참 다행이란 엉뚱한 생각을 하고 있을 때, 침대에 엎드리세요 하반신 마취 주사를 놓습니다 다리에 감각이 없어질 거예요 공주가 인어가 될 때 이런 기분이었을까 딸그락 딸그락 소리가 감각이 없는 허리 아래 부분에서 일어나는 일을 속삭여줘요 간호사가 부드럽게 귓속말을 해요 이제 음악을 틀어드릴게요 클래식으로 할까요? 가요, 트로트… 이 상황에 뭔 클래식 그래도 약간은 교양있게 가요를 택했어요 헤드폰이 머리에 올려지면 묵직함에 긴장하지요 '보이지 않게 사랑할 거야 너무 슬퍼 눈물 보이지만… 어제는 사랑을 오늘은 이별을 미소 짓는 얼굴로 울고 있었지' 신모 가수가 불렀던 보이지 않는 사랑, 보이지 않는 내 항문에 대한 은유가 딱 맞아 웃음이 팡 터졌어요 웃고 있는데, 다시 너무 슬퍼 눈물 보이지만… 되풀이되는 한 남자의 목소리가 애절하여 갑자기 눈물이 핑, 웃다가 울었지요 얼라리 꼴라리 수술하다 웃다 울어 똥구멍에 꽃이 핀 것 당신만 알고 계셔요.

2부

찬란한 봄

관광객 태우고
유적지 걷던
캄보디아 코끼리
쓰러진다
가장 낮은 그의 눈에서
한 마리 푸른 나비를 본다

훨훨 날아라
돌아오지 말고

예순 즈음에

유명산 계곡 중턱을 내려와
발에 닿은 차가움에 익숙해지며
계곡의 물로 젖어든다
돌아갈 수 없는 언덕 너머
오르기 위해 허덕거린 호흡들
참았던 울음 쏟아내듯
바위에 부서지는 작은 물보라
묻지 못하고 내려온 길
꺾을 수 없는 길의 흐름에
굽이굽이 강으로 간다
언제쯤일까
한강의 어디쯤에서
강물에 섞이며 출렁이겠지
언제쯤일까
우는 법 잊을 쯤
바다는 제 팔 풀어
나를 안아주려나

어머니와 물 항아리

허리 굽은 그림자 하나 물 사발 받든다
항아리 앞에서 모은 거친 두 손
신성한 중얼거림
어둠 사라지고 날이 밝았다
가까이할 수 없던
하루를 시작하는 의식
먼지 앉을세라 닦고 또 닦아
가득 채워 넣던 물
주군이고, 하느님이던
항아리 속 고요한 물은
글 모르는 어머니가 읽던
유일한 경전經典
오직, 자손 뒷바라지에 쏟는 하루의 무장武裝
물 항아리 앞에서
날마다 닮아지던 어머니 그림자

빈 항아리 속에서 햇살 한 줌 찰랑댄다

채송화

온다는 말도 간다는 말도 없다
깨보다 작은 씨앗이라
넓은 허공을 두고도
자리다툼도 없다
빨간 것 먼저 피면 노란 것 뒤따르고
누가 먼저가 대수롭지 않다

폭염 넘어 서리 오기 전까지
제 몸보다 무거운 햇볕도
제 키보다 큰 빗줄기도
다 받아낸다

무릎 꿇고 앉아
꽃처럼 작아진다

문득,
장미를 닮겠다고 발돋움하며
지구 밖으로
뚝, 떨어져 나간 그녀의 소식이
궁금해진다

명랑한 눈물

여자가 아프다

항암 치료해야 한대요
귓가에서 끓어오른
바람이 뜨겁다

걱정 말아요
요즘 의술이 얼마나 좋은데
어깨를 다독여줘야 했는데
울고 싶을 때 실컷 울라 한다

오늘 같은 날
하늘은 왜 저렇게 파란 거야
오늘 같은 날
구름은 왜 저렇게 가벼운 거야
재수 없네, 저 하늘
재수 없네, 저 구름
병실 유리창 너머로
흘려보내는 말
〉

헛웃음과 헛웃음이 마주쳐
눈물방울이
까,
르,
르,
릉거병 속에서
명랑하게 떨어진다

이상한 나라로 가는 환승역

요양병원에 가기 싫어 절대 안 갈 거야 거기 가면 죽으러 가는 거야
뭔 소리야 가게 되면 가야지 자식들 고생시키지 말고
경로석 앞에 서서 늙은 자매의 이야기 엿듣는 사이
스쳐가는 창밖으로 보이는 불빛, 요양병원

어머니 마지막 여행길에 열차를 기다리던 환승역
노란 줄기의 주사액이 꽃처럼 피어 있는 역
눈만 뜨면 일어나 밭에 가야 한다고 중얼거리던 여인
토끼 같던 아내의 손길에도 낯선 듯 눈을 맞추지 못하던 사내
지나온 길을 끌고 가는 긴 터널 끝에서
온 길 되돌아갈까 두려움에 떠는 경련
도착하지 않은 환승 열차를 기다리며 온몸으로 수액을 가둔다
기적소리 흉내 내는 가쁜 숨들이 점점 사그라지던, 요양병원

목적지 향해 분주히 움직이는 승객들 사이로

앨리스 할머니 자매 뒤뚱거리는 발걸음
환승역을 향해 바쁘게 걸어간다

수제비 뜨다

뭉쳐야 된다
물을 조금씩 부어,
가루와 가루가
서로를 감싸 안게 살살 만져줘
그러다 힘줘 뭉쳐야지
수없이 치대는 끈기를 잊어선 안 돼
한 입 크기로 얇게 떼어
뜨거운 물에 조각배를 띄우는 거야
분식 장려의 구호로 당당하게
밀가루 부대가 서 있던 부엌에서
전수받은 수제비 뜨는 법

식구食口라는 이름으로 모여
아버지를 따라 흔들리는 배를 탄다
수정을 캐던 광산에서
더 이상 보랏빛 꿈을 찾지 못한 아버지
떠가는 조각배 위에 앉은 식솔들은
내일을 향해 나가던 위태로운 항해에서
서로를 마주 보며 흔들린다

방의 배경들을 견디던 20대의 시간들
마디마디 끈질김을 가르쳤던가

그날의 뱃멀미마저 그립다고
손끝이 부추기는 저녁이면
두 손 가득 밀가루 묻히며
보랏빛 저녁을 반죽한다

백설공주 놀이

거울 앞 휠체어에 앉은
여든여섯의 M여사
사교춤 잘 추던 예쁜 여인이었지
걸음을 잊고
겨울넝쿨처럼 말라가는 요양원에서
만나는 사람마다 웃음 건네네
한마디 불쑥 던지는 유일한 말은
참 예쁘다였지
분홍빛 매니큐어 칠하고
자신의 흰 머리카락을 어루만지며
거울 속 여인에게도
참 예쁘다 말하네
그녀가 겨울 숲으로 떠난 날
거울 속 그녀의 발자국은
곱고 예쁜 눈가루를 남겼지
어린 난쟁이들은 밤새 손 흔들고
그녀가 꿈꾸던 궁전 마당 사과나무엔
주렁주렁 치매가 열려
총총 빛났네

슬픔이 슬픔에게

울고 싶으면 실컷 울어라
어둠의 칠 년보다 더 짙게
남은 시간의 속도보다 더 빠르게

나무뿌리에 기대어 살던 지하의 날들
어둠이 자라 더 큰 어둠이 될 때까지 울고
바깥세상의 눈부신 날들
찬란해서 울어라

울어서 지울 수 있는 과거라면
남기고 싶은 너의 흔적이라면

매미야, 맘껏 울어라

지상에서 울지 못하는 것들은
땅속에라도 들어가 울고 싶어 한다

암 병동 창 앞
머리 빡빡 깎은 한 여자가
네 울음의 리듬을 읽는다

둥지, 그리고 동지

동지가 될 수 없어
떠나고자 하는 둥지는 불안하다

서로를 이해하기에 짧은 낮의 시간

길어진 밤이 지루한 동지의 시간

앉아 있지 못하고 둥둥 떠다니는 호흡
한 줄기 빛의 이야기를 이해하지 못해
언어가 언어를 밀어내는 공간

등 돌려 앉은 그림자가
넘지 못하는 경계를 만들고

떠나려는 것들은
달려 나갈 채비를 한 채
온몸으로
문이 열리는 순간을 기다린다
〉

영원한 동지가 될 수 없어
둥지를 떠나는 철새들은
뒤를 돌아보지 않고

떠난 자들의 온기만 남은
둥지는 옛이야기가 된다

그녀를 기억하는 법

첫눈이 조문을 한다
세상을 다 지울 기세로
내리다 사그라진다
누군가를 사랑했던 일이
반딧불처럼 반짝이다
사라져 눈물이 마른다
언제 그랬냐는 듯
멈춘 눈발 대신
그녀를 기억하는
조문객들의 작은 웃음소리
간간이 흩날린다
귀 쫑긋하던 영정사진
환하게 웃고 있다

슬픔은 오래 머물지 않는다

기록을 시작하다

담을 바라본다
험한 세상 다시는 찾을 일 없다는 듯
질긴 줄기 벽을 붙들고
냉담하던 것이
엊그제 같은데
잎들이 초록을 기록하고 있다
뻔한 담쟁이의 기록이라고
무시하듯 바라보지 말라
저마다의 빛 발사한다
땅을 향해, 하늘을 향해
사방팔방의 길을 향해
매일을 기록하며
선물 받은 하루를 가꿔가고 있다
산다는 것은
오늘을 기록하는 일
촘촘하게
때론 드문드문
지워질 것 걱정하지 않으며
그저 하루를 잘 기록하는 일

강변에 꽃무리 보러 갔지요

코스모스 무리가 한들거리는 곳
다가가 유심히 들여다봐요

온전한 꽃들 사이사이
잎이 하나둘 떨어진 꽃
잎이 하나둘만 있는 꽃
시든 꽃, 꺾인 꽃, 밟힌 꽃
흐드러지게 폈다가
홀연히 떠나는 것들

피어났다 지는 순간까지
온몸을 다 바친
온전한 꽃, 아픈 꽃 어울린
꽃의 생애

사람들은 그 속에서
코스모스를 흉내 내고 있지요
온전한 이도 아픈 이도
손잡고 함께 가는

꽃, 꽃, 꽃
꽃 요람에서 꽃 무덤까지

찰칵,
누군가의 사진 속에서
영생하고 있겠지요

능소화

뜨거웠다 지려 하오 불꽃으로*

양반 댁 애기씨가 담을 넘는다
여린 손에 든 총 한 자루
조선의 불꽃이 된다
번지고 번져
이름 없는 민초民草도
사랑도
그리움도
꺼지지 않는 불꽃이 된다

100여 년 지나온 고단한 골목길에
회색 서울 가로지르는 한강변에
양반 댁 애기씨가 앉아 있다
사랑도 그리움도 접고
제 앞길만 달리고 있는
민초들의 메마른 눈 바라본다

꽃등불 환히 켜고 묻는다
〉

그대들 불꽃은 어디로 갔소?

* 드라마 〈미스터 션샤인〉에서 주인공 고애신의 대사.

긴말은 사치다

부친 사망

전부였다
엄마의 몸부림이 남긴
세 마디의 슬픔
나는 어떻게 살라고

분홍의 꿈을 흔든
마디마디
짧은 말의 안을 오래 걸었다
떠나온 그 길에선
사치가 된 긴말들

오랫동안 긴말을 잃었다
입 꾹 다문 입에선
단내가 났다
전부였다

3부

임시 휴업

시가 눈에 들어오지 않습니다
행도 연도 한 걸음 나아가지 않습니다
눈은 자꾸 곁눈질로 창밖 구름을 봅니다

마음이 마음을 읽을 수 없으니
흘러가고 싶어
마음도 휴업이 필요한가 봅니다

저 구름 한 조각에 올라타고
잠시 시집을 덮고,

휴업합니다

오늘 하루는
당신의 전화도 사절입니다

풍랑주의보

여객선은 묵호를 떠났다
울릉도를 가로막는 풍랑은 무시됐다
항의하는 파도는 높고
승객들은 멀미를 대가로 치렀다
하늘이 내려앉은
잿빛 바다 위에
더 나아가지 못하는 항로
접안이 불가능해
돌아갑니다
되돌아가는 길은 온 길보다 멀다
살아가는 동안
풍랑주의보는 몇 번이나 더 만날까
가지 못한 길
선명하게 하나 더 생긴다

홀로, 나비

떼춤을 출 때
어긋나던 날갯짓
활짝 펼 수 없던 날개
용기를 내었어
자작나무 숲으로
날아오른 초가을

먼 길을 돌아왔어
외롭지 않아, 지금은
온밤 비온 뒤
깃든 빛 나누는 나뭇잎
길 잃고 헤매일 때
자리 내주던 돌무덤
낯선 것 속에서
처음 내 날개를 보았어

홀로, 찾아간 숲에서
한 마리 각시멧노랑나비를 본다
나비의 마음을 읽다
나의 마음을 들켰다

트로트 바람

사랑은
사~아아~랑이 될 때 더 뜨거워지고
정말은
저어엉~말이 될 때 더 간절해진다
의미 없이 흥얼거리다
여자가 눈물 찔끔거린다
좁아진 목청으로 흥을 돋우며
막걸리 한 잔 더하는 남자
닫힌 공간 속에서
잊혀져간 사랑 타령이 유혹할 때
잠시 내려앉은 시름은 잊고
팔 흔들며 엉덩이 실룩거린다
60대 후반의 여름은
반성 없이 지나가고
잠깐 잠깐 돌아오는 치유의 순간
아! 테스 형! 세상이 왜 이래
투정 대신 읊어보는 유행어가
일상으로 파고드는 가을 저녁

오후 2시의 비와 오후 4시의 비 사이

오후 2시 소나기
오후 3시 구름
오후 4시의 비가 예약된
강원도 태백 산장에서

비와 비의 사이
소 · 강 · 상 · 태

검과 방패마저 버린 패잔병 되어
전깃줄에 앉아 있는 물방울들
비가 될 수도 없고
구름이 될 수도 없는

어디쯤 가서 젖을까
언제쯤 굴러 떨어질까

에잇,
굴러
〉

탄광의 어디쯤에서 검게 그을리다
검룡소* 그 물에 녹아버릴래

한강을 따라 서해 바다로 가서
짠물 속에 한바탕 춤추는
시어詩魚가 되어보겠다고

오후 2시의 비와 오후 4시의 비 사이에서
지병처럼 내가 젖는다

* 한강의 발원지, 태백에 있다.

여우같은 여자가 되고 싶어

재주를 부리며
공중으로 튀어 올랐어
전갈을 낚아채듯
세상을 향해
수직으로 내리꽂아
덮치고 싶던 순간

어둠 속에서 빛나는 눈빛
별 하나 가슴에 품고
사막의 추위와 폭염을 즐기며
바람과 모래의 말을 듣는 큰 귀
어린 왕자와
자유의 영혼을 이야기하는
사막여우처럼

모험의 세계에 빠지고 싶어
안달을 부리다가
환한 웃음의 드레스를 입고
레드카펫을 밟는

여자의 꿈을 꾼다

하루를 시작하기엔 이른
새벽이 뒤척이며 오고
천상天常의 길에서 벗어나지 못한
영원한 곰의 후예가
뒤뚱거리며 몸 안으로 들어와 눕는다

정서진에서 탱고를

굿바이

바이올린 현이 떤다
바다에 빠진 리듬
파도를 타는 반도네온*의 음률
표정을 감춘 그녀가
바다 위를 걷는다
남자를 이끄는 온몸의 절제
순간, 노을 속으로 뛰어드는
절정의 스텝

가슴을 맞대고
심연의 바다로 뛰어드는
사랑의 용기였던가
물속에서 뜨겁게 타오르는 불의 꽃
놀란 가슴으로 붉게 상기된 구름

바다가 달아오른다
물고기들이 숨죽인다
〉

굿바이

* 탱고 연주에 쓰는 손풍금

용머리 오름 위에서

홀로 겨울 오름의 정상까지 올라온 건 약속을 어긴 것이었지
더 높은 곳을 향한 마음으로 네 손을 놓았었지

세찬 바람이 몸을 때렸어 억새처럼 몸을 이리 저리 눕히지 못한 채 허둥대다 서둘러 내려가려는 몸은 마음을 앞섰지

오름 위에선 바람이 우선이라고 네가 말했던가
두 갈래 길에선 바람이 앞서고
무엇을 보았나 생각할 겨를도 없이
제 몸 하나 챙기지 못하는 신음이 새어 나왔어

선택한 길 앞으로 어디선가 나타난 말은 갈림길에서 망설이는 나를 수십 초 동안 바라보았어 말의 눈동자가 그만 내려가라 말하네 바람을 껴안지 못한 우스운 내 꼴을 들켜버렸어
내리막길로 돌아서서 사라져가는 말을 바라보며 너의 뒷모습을 보던 그날의 아련함이 떠올랐어
〉

순간 바람을 잊고 안개 속에 갇혔어
네가 안부를 물어오듯
멀리 말테우리*의 노래가 귓가에 윙윙거려

홀로 겨울 오름의 정상까지 올라온 건 약속을 어긴 것이었지

* '말몰이꾼'의 제주 방언.

모범 납세자

난 좌우를 구별하지 못해요

여중 시절 체육시간 좌향좌 우향우를 헷갈려하면 넌 수학 문제는 잘 풀면서 몸치냐고 뚱뚱한 체육 선생님의 지휘봉이 내 종아리를 쿡쿡 찔렀지요 아얏, 그 뒤로 내 발은 좌우를 더 빨리 구별 못 하고 충격은 불같이 번져 머리마저 좌우를 구별 못 했죠

좌우가 헷갈리면 곧게 직진해버리던
운전대 앞에서의 빠른 결정
내 맘속엔 좌우명이란 말도 없어요
마음이 가는 대로
그럴 땐 직진이 최선의 길이죠

저에게 묻지 마세요
좌파냐고 우파냐고
갑자기 온몸이 굳어져요

좌로 빠지고

우로 빠지고
아, 머리에 쥐가 나요

난 좌우를 구별 못 하는 모범 납세자

나라가 저를 위해 표창장이라도 주신다면
제발, 좌우명은 묻지 마세요
당신의 힘으로 저를 좌지우지 마세요

나는 모범 납세자라는 사실을
조용히 낮은 목소리로 고백하는 비밀의 아침이에요
좌우지간

구름의 감정

엎질러집니다

주워 담는 이 없어
마음대로 번집니다
번지다 지쳐
흘러가겠습니다

붙잡는 이 없어
목적지도 없습니다
바람이 몰아치면 줄행랑치다
무심코 바람을 안습니다

순간,
어그러집니다
모였다 흩어졌다 삐걱대는 그림자

햇빛과 친한 척 가끔 붉게 물들지만
우울을 끌어안고 뒹굽니다
〉

회색이 회색을 품어
먹색이 되면 낮은 곳을 향해
곤두박질칩니다

시시각각 변신하며
반복 무늬를 거부하는
끝없는 반항

살 만하다는 세상에 동의할 수 없습니다

훨훨

헐헐거리며
이 산 저 산을 헤맸네
푸른 나무를 찾던
여름 산을 넘어

훌훌 털며
둘레길을 걸었네
나목이 되어가는
가을 길을 넘어

훨훨 날아가는
저 새도 부럽지 않네
들판에 서니
민들레 홀씨 반기네

어떻게 사느냐
정답은 없다지만

헐헐을 넘어

훌훌을 넘어
훨훨이 된다는 것을

온 마음을 다하여
살다 보니
정답을 찾았네
훨훨

멍 때리는 시간

이 꽃 이름이 뭐야?
너도바람꽃
내가 바람꽃이라고?
그래, 활짝 웃는
너도 바람꽃
웃는 너를 바라보는
나도 바람꽃
계곡 아래서 꽃놀이하다
오늘만은 바람꽃이 되자고
너도바람꽃이 되고
나도바람꽃이 되어
흘러가는 바람에
몸을 맡기며
단 10분간 멍 때리는 시간
오롯이, 너는 네가 되고
오롯이, 나는 내가 되어

후반전

전반전에서 지고 끝난 게임은
후반전에선 다 써버린 체력을 이끌고
뛴다, 어떻게든 비기기라도 해야겠다고

전반전에서 비기고 끝난 게임은
후반전에선 다 써버린 체력을 이끌고
뛴다, 어떻게라도 한 점을 얻기 위해

전반전에서 이기고 끝난 게임은
후반전에선 다 써버린 체력을 이끌고
뛴다, 어떻게든 승리를 지키기 위해

살아온 날들 지고, 비기고, 이긴 날들 뒤엉켜 있다
살아갈 날들이 지친 몸을 이끌고
뛴다, 지키기 위해

나의 후반전
넘어진 맘이 자꾸 일어선다

울금 밥을 짓다
— 주부들을 위하여

얼굴을 위한 분粉은 바르지 않을래요
분粉으로 덮인 얼굴 속에서 분憤이 자라죠
당신은 비로소 내 표정을 읽을 수 있을까요

하루 종일 TV 앞에서 욕을 해요
아기를 버린 엄마에 대해
가족을 죽인 아빠에 대해
욕을 하면 안 된다고 배운 건 교과서의 얘기
교과서는 객관식 문제로만 통했지요
하루를 지탱하는 객관식은 없어요
비난은 꼬리를 물고 흔들어대고
화가 외로움이 된다는 걸 스스로 터득하죠
어릴 적 엄마처럼 분첩을 꺼내 오랫동안 토닥거려요
분가루는 어수선함을 감추며 묘한 웃음을 만들지요

울금 넣은 노란 밥을 지어요
노란 가루가 덜 늙게 한다고 누군가 말했어요
도착하지 못한 남자를 기다려요

밥솥의 압력이 빠지면 힘이 빠지고
밤늦게 들어온 아이가 울분을 뿌려요
아이의 분이 집안에 퍼지면
비난이 자꾸 내게로 와요

밥은 벽돌처럼 굳어가고
울금 밥이 울분 밥이 되어요
분憤을 지우려고 빡빡 얼굴을 문질러요
거울 속 여자가 달아오른 말을 해요
분을 바르지 말자고

언제쯤 맨얼굴로 구름 위에 앉아
남도의 어디쯤 마음껏 달릴까요
한동안 울금 밥을 짓지 않을 거예요

분류 기호

도서관에서 봉사활동을 한다
대출했던 책들이 돌아와 기다린다
811.708-ㅎ731g-139
책의 제목도 저자의 이름도
알 필요가 없다
숫자와 기호로 놓일 자리를 찾는다

세상 곳곳의 분류 기호들
주민등록번호, 여권번호
병원 진료카드로 읽힌 나의 기록
내가 얻은 숫자들이 나를
분류하기 시작한다

이름도, 기억도
삶의 이력이 무시된 채
고유함이 사라지는
지금 이 순간,

출입문이 바코드로 나를 읽는 순간
이 세상 어디에 나는 꽂힐까

4부

탐정 놀이

속속들이 빈틈없이
외출을 폐쇄회로에 기록하라
의뢰하지 않은 눈들이 당신을 뒤따른다
당신의 사생활이 보호되는 방식이다

선글라스와 마스크를 쓰고 길을 나서는 당신이 포착되었다
카메라 1은 당신의 전체를 읽기 시작한다

두리번거리며 편의점에 들어가는 당신을 읽는다
카메라 2는 당신의 손에 집중한다

정류장 앞에 당신은 숫자에 집중한다
카메라 3은 당신의 눈에 집착한다

버스에 타며 스스로 흔적을 남기며 의무를 수행하는 당신
카메라 4는 두 번의 흔적으로 당신을 기억한다

낯선 길에서 블랙박스에 당신이 포착되면

카메라 5, 6, 7, 8, 9는 바빠진다

비밀요원은 당신을 완벽하게 읽지 못한다
전체를 읽으려 애쓰는 그들 앞에서
샛길로 빠지는 당신의 뒷모습이 마지막이다

길목 끝에서 어둠의 방으로 꼭꼭 숨은 당신

가방 속에서 벨소리가 요란하다
아뿔싸! 완벽하게 숨지 못한 당신의 신음
전화기 너머 음성이 당신의 심장을 겨눈다

고립무원

손에 잡히는 종이로
비행기를 접는다

날린다

끊긴 하늘의 길
무심하게 푸르다

문 닫은 하늘의 빗장 아래
종이비행기 서성이고

까마귀 한 마리만
길게 울며 날아간다

21세기 거미

네트워크에 연결되지 않았습니다

무선 접속 장치가 자동으로 끊긴
10초의 순간
인내심이 한계를 넘은 기다림
순간 손이 떨린다
마우스도 숨을 꼴깍거린다
끊긴 망 속으로 기어든다

누가 쳐놓은 줄인지도 모르고
끊기지 않을 동아줄로 믿는
21세기 거미들

밤새 쳐놓은 거미줄이 끊기는 순간
숲의 터를 잃은 거미의 필사적 탈출은 잊은 채

10초의 참을성을 잃어가며
끊긴 망 속으로 무한정 뛰어든다

21세기 청춘 블루스

습관처럼 공부하는 남자
습관처럼 취업에 도전하는 여자
습관처럼 낙하하는 푸른 날개들
습관처럼 컵밥의 불투명한 맛을 되새김질하며
습관이 발효되어 달아오른 방,
습관이 습관을 낳는다, 고시원에서
산고를 겪은 전등 빛은
누렇게 뜨고
오래 발효되어야 제대로 숙성된 것이라며
습관처럼 바람이 전하는 말
다, 잘 될 거야

무인도 놀이

가슴에 구멍 하나, 선천적 기형
가끔씩 구멍으로 들어오는 바람 한 줄기
몸의 일부가 되어 바람을 잡고 즐기네
카페에 모여 수다를 떠는 사이
가슴 구멍에 바람이 들어오면
세상에서 가장 작은
무인도 하나를 허공에 만드네
둥둥 떠도는 말들 속에서
표류하는 섬 하나
몰래 들어가 즐기는
나만의 세상, 고독 놀이
아무도 눈치 채지 못한 짜릿함
귓가를 스치는 말들은 파도가 되네

순간, 고개 돌리면
무리를 벗어난 갈매기 한 마리
멀리 떨어져 앉아
나를 읽고 있네

빗나가는 가을

비 예보는
비를 불러오지 못하고
서풍은
예상보다 더 북동쪽으로 가버린다
익을 대로 익은 밤송이는
마음먹은 곳으로 떨어지는 걸 포기하고
영역 밖으로 구른다
까치밥이 되고 싶던
작은 바람마저
바닥에서 터져버린 홍시

던지면 곧바로 날아갈 것 같던 최선이
땀만 퍼붓다 메마르며 뒹구는 시간
소식을 기다리던 우편함에
앉아 있는 낙엽 한 장
빗나간 사랑인 양 초라하고
허공을 헤매다 돌아간 구름의 자리로
얼굴 내민 그리움도
너를 향해 다가서지 못한다
〉

봄에 뿌린 씨앗들 모두 다
열매가 되지 못하고
쭉정이도 된다는 걸 배우는 시절
스스로 만지며 달래줄 수 없는
등의 한 부분이 시리다

가을 꽃밭의 수다

모과 하나 뚝 떨어진다
꽃들의 비밀 엿듣는다

들국화 사이사이 뜬소문 가득하다
얘 저기 좀 봐 잘난 척 활짝 핀 꼴을
어머 부지런 떨더니 벌써 졌네
코스모스는 나비를 버리고 벌과 사랑에 빠졌대
저기 저 못생긴 노란 바위는 언제부터 있었니

햇살을 타고 전해지는 꽃의 수다들
온몸이 간지러워진 모과
돌아가기엔 멀어진 제 집 향해
노란 향 내뿜는다

꽃밭이 순간 조용해진다

범민凡民

가령아,
지금 날개가 돋아난다면

가령아,
하늘을 딛고 걷는다면

가령아,
가령아,

그런 허무맹랑한 것 말고

가령아,
이번 주 토요일 로또에 당첨되면

로또 1등 당첨 판매점 앞에서
한 사나이가
가령이를 불러놓고
흥정을 한다

가을 바다

폐장을 알리는 현수막을 걸고
자신을 다 내보이고 있는 해수욕장
그 많던 파라솔 사라지고
훤히 제 모습 드러낸다
음악 소리에 묻혔던 파도
목소리를 높이고
파도에 몸을 맡긴 몽돌
제 소리 굴리며 둥글어져가는 시간
갈매기 발자국 선명한 모래밭
다지며 단단해져가는 사이
해파랑길 풀꽃들 수다가 한창이다

바다가 하늘인지 하늘이 바다인지
구름이 파도인지 파도가 구름인지
바다와 하늘이 한 몸이 되어
닮아가는 계절

비로소 바다가 바다를 읽는다

본전치기

어제와 오늘이 다르지 않다
습관처럼 본 오늘의 운세
몸에 기운 솟는다는 양띠 운과
체력이 바닥 된다는 전갈자리 운
엇갈린 운세가 내기를 하잔다
솟는 기운 쪽에 나를 걸고
물김치를 담그고
무작정 남산 둘레길을 걷는다
오르막에서 숨 가쁘고
내리막에서 무릎 삐걱거려
집으로 돌아온 밤
굴렁쇠 관성 같은 나날 속
뒤뚱거리며 굴러갔지만
엇갈린 운세만큼 버틴 오늘
본전은 했다고 잘했다고
거울 속 지친 여자를 위로 한다

라스베이거스의 밤

태양이 떠나간 자리
달궈진 하늘 사이
공기는 환상으로 익어
군중 속에 뿌려진다

다른 언어로 쏟아내는 환호들
물속에서 불이 솟고
불속에서 물을 뿜으면
쏟아내는 낯선 언어가 어깨를 맞댄다

산맥을 만드는 남자의 근육 위로
꽃이 되어 피어나는 여자의 얼굴
완벽한 화려함도 한순간
물거품으로 흩어지는 꿈의 쇼처럼

불빛 속 카지노에 갇힌 나방들
꿈꾸는 밤은 지칠 줄 모르고
내일은 해가 뜨지 않을 듯
밤새 불꽃이 달을 삼킨다
〉

빛은 있으나
그림자가 없는 밤이다

테우리코*

말을 키우는 것은
말과 가까워지는 것입니다
말의 마음을 알기 위해
말의 눈을 읽는 것부터 해야 합니다
말을 다루는 이의 말이
말을 부드럽게 쓰다듬는다

말을 키우기로 했다
말을 키워 밑천을 만들고
말의 집을 짓는 꿈을 꾼다
말의 눈을 읽고
말의 마음을 알고
말을 키워 꽃을 태우고
말을 키워 나비를 부르고
말이 말을 낳는 날
말의 울음이 詩가 되는 날
말의 축제를 위해
말을 부드럽게 쓰다듬는다

* 제주도 테우리(말을 먹이는 목동)들에게 일 년 동안의 노고를 치하하며 한 해의 목축업이 잘 되길 기원하는 고사를 일컫는 제주어.

버려진 것들에 대한 사유

버린 자는 버려진 것의 손바닥 안에 있다

먹다 만 닭튀김 포장 그릇이 흩어져 있다
여자의 하이힐 한 짝이 쓰러져 있다
'돈의 역사'란 책이 퉁퉁 불은 채 누워 있다

짓밟혀진 수입 맥주 캔은 납작하다

버린 식욕으로 너의 비만이 해결되었니?
버린 사랑으로 너의 자유를 얻었니?
버린 일로 너의 지갑이 두둑해졌니?
버려진 아우성이
어두운 골목을 서성이며 냄새를 풍긴다

냄새는 버려진 것들 사이에서 방황하고
버린 손들은 취해 있다

버려진 것보다 버린 자가 더 불안한 밤
비상등 깜빡이며 머뭇거리던 새벽이 오면
〉

시작하는 내일이 미련 없이
서로의 방향을 정한다
각자의 길에 서로 다른 해가 떠오른다

버려진 것은 비로소 버린 자를 버린다

음모가 싹 트는 시간

오직 바람에 길들여져
모래가 운다
모래 동굴 속에서 울음이 된 메아리
하늘을 흔든다
빗방울에 길들여지고 싶은
천년의 기원
하늘이 드디어 문을 연다

고비사막이 젖어든다

모래알 사이사이로 빗방울이 스며들어
사막의 음모가 시작된다
천년일청千年一淸의 꿈을 꾸며
참고 참아온 사막의 싹들이
반란을 꿈꾸며
스멀스멀 자신을 키운다
고비사막이
푸른 폭탄을 제조하기 시작했다

폐장

여름이 폐장을 한다
해변은 파라솔을 접고
모래는 뜨거워지기를 거부한다

기다림 앞에
다시 선다

한 사내가
문을 닫고
빗장을 건다

CLOSE
가슴에 문패가 선명하다

기다림 사절
붉은 글씨가 반짝인다

청도라지 꽃밭에서

렌즈 속에서 여자의 눈을 본다
난민선의 난간에 앉아
젖 물리던
말 잃은 눈동자를

항해의 길에 올라
바다 푸른 해안을
제 몸에 물들인 별의 여인들
바너드별*에서 울리던
공습경보가 잊히지 않아
실바람에 푸름이 보르르 떤다

새 별에서 다시금 살아 온
몇 광년 세월
말없는 기다림이 뿌리내려
쓴물이 고이고
회귀의 꿈을 버리지 못해
두고 온 둥지 향해
피고 또 피는

난민 촌 별꽃들

* 뱀주인자리의 어두운 별, 거리는 5.88광년으로 지구에서 두 번째로 가까운 별.

발문

네가 봄을 아느냐

전윤호(시인)

젊은 사람들은 봄을 제대로 알지 못한다. 그들에게 봄은 그저 겨울이 지나가면 오는 계절이고 밖으로 나가기 좋게 따뜻해지는 시간일 뿐이다. 하지만 어떤 이들에게 봄은 그저 사계절 중의 하나가 아니다. 왜냐하면 그들은 봄이 얼마나 많은 의미를 가지고 있는지 잘 알고 있기 때문이다.

우리가 흔히 봄에 보는 나비는 힘든 애벌레의 시간을 거쳐 날개를 가지게 된 영물이다. 그리고 나비는 때로 한 세상에서 다른 세상으로 가는 존재로 알려지기도 했다. 이은란은 봄여름 가을을 열심히 살아낸 사람이다. 어찌

보면 두 사람 몫의 생을 투사처럼 지내온 것이다. 들어보지 않아도 그의 분투는 눈물겨웠다. 그건 시를 읽어보면 다 나온다. 그의 시는 그런 애벌레의 시간을 견딘 사람만이 쓸 수 있는 요소들을 가지고 있으니까.

거미줄에 걸린 듯
몇 년,
남자와 살아봤다는 여자

열 평 꽃그늘 네일아트 가게로 출근하는 여자

쉬는 날도 출근해 길고양이 밥 주는 여자

하루 열두 시간 손톱에 꽃가루 얹혀
여인들 가슴에 여우불 놓고

자신은 고치로만 살 것 같은 여자

때론 봄이
별스럽게 온다고
허물 벗고
날아보라면

유리창 너머 햇살 향해
깔깔 웃어주는 여자

'나비야'
길고양이 부르는 소리
오후 3시 햇살 가르는
사랑부전나비 그 여자
—「사랑부전나비를 위하여」 전문

시인은 사랑부전나비가 되고픈 걸까? 짐짓 네일아트 가게의 여자를 불러내어 이렇게 노래한다. 사전을 찾아보니 부전나비는 많은 종류를 가진 종이어서 그중 사랑부전나비가 있는 건지 모르겠다. 어쩌면 사랑부전나비는 그가 만들어낸 종인지도 모른다. 사랑을 전하지 않는 나비, 어쩌면 그녀는 사랑을 선택하는 바람에 받아야 했던 고난을 말하려는 것은 아닐까? "여인들 가슴에 여우불 놓고/ 자신은 고치로만 살 것 같은 여자"는 자신이 아니겠는가. 도대체 어떤 사연이 그를 사랑 부전 나비로 만들었을까.

관광객 태우고

유적지 걷던
캄보디아 코끼리
쓰러진다
가장 낮은 그의 눈에서
한 마리 푸른 나비를 본다

훨훨 날아라
돌아오지 말고
—「찬란한 봄」 전문

그는 사실 평생 일에 시달린 코끼리에 더 가까웠다. 교육자로, 며느리로, 아내로 이어진 그의 길이 관광객을 태우던 캄보디아 코끼리보다 수월했을 리가 없다. 그러니 결국 나비는 그의 고단한 현실 속에서 알을 까고 애벌레가 되어 우화를 노리는 마음인 것이다. 시집의 곳곳에서 나비를 읽는다. 너무 많아서 예를 들기가 겸연쩍을 정도다.

차라리 「밤의 노래」에 나오는 "골목길 누비던 어미 길고양이"가 더 그가 아닐까 싶다. 종일 먹을 것을 위해 쏘다니다가 "어둠이 어둠 덮으면" 새끼를 품으면서 "내일은 울지 않겠다고/ 제 몸에 한 편의 일기를"(「밤의 노래」) 쓰는, 전반전에서 지고 후반전에선 어떻게든 반전을 이루어

내겠다고 일어서는(「후반전」) 그의 내면은 조용한 성품에 큰소리 한 번 안 낼 듯한 어조를 가진 그녀가 사실 전투 중이라는 상황을 알려준다.

그래서 "제주 바닷가 동백나무"가 되고 싶었을 것이다. "붉디붉게 타오르다/ 함박눈으로 찾아오신 그대"를 절대 놓지 않겠다고도 하고(「동백의 노래」), "사랑은 끝없는 것이라/ 붉은 입술 냉큼 쫘붙"(「선운사 꽃무릇」)이는 것이다.

그러고 보면 이 시집의 어조는 사랑하는 사람에게 보내는 연서의 형식이다. 누군가에게 자신의 마음을 전하는 글을 쓴다면 연서의 형식보다 더 효과적인 형식은 없을 터, 하지만 꼼꼼히 읽어보면 그의 글을 읽는 당신은 사실 그 자신이다.

이 짧은 봄
사내는 스쳐가는 바람
포장마차에 홀로 앉아
소주 한 잔 혀끝에 써요
청계천에 2월의 눈이 쏟아지더니
쌓이지도 못하고 사라지네요
노래를 부르고 춤을 추지만
이제 사내들 위한

시는 쓰지 않겠어요
- <황진이> 전문

이처럼 단호한 선언 뒤에서 그는 자신만을 위한 글쓰기를 한다. 이제 사내들을 위한 시를 쓰지 않겠다니, 쌓이지도 못하고 사라지는 청계천의 눈처럼 그 역시 세월을 온전히 바라보고 있는 그대로의 자신을 쓰겠다는 것이다. 이 시집 중 돋보이는 시 한 편을 들어봐도 그렇다.

헐헐거리며
이 산 저 산을 헤맸네
푸른 나무를 찾던
여름 산을 넘어

훌훌 털며
둘레길을 걸었네
나목이 되어가는
가을 길을 넘어

훨훨 날아가는
저 새도 부럽지 않네

들판에 서니
민들레 홀씨 반기네

어떻게 사느냐
정답은 없다지만

헐헐을 넘어
훌훌을 넘어
훨훨이 된다는 것을

온 마음을 다하여
살다 보니
정답을 찾았네
훨훨
—「훨훨」 전문

헐헐을 넘어 훌훌이 되고 마침내 훨훨로 불타오르는 이는 더 이상 편지를 쓸 상대가 필요치 않다. 그의 의지는 굳게 여물어 자신만의 길을 가는 것이다. 그러므로 '무인도 놀이' 같은 제목도 나오고 폐장을 알리는 해수욕장에서 "비로소 바다가 바다를 읽는다"(「가을 바다」) 선언하는 것이다.

자신이 살아온 평생을 정리하며 시집 한 권 내는 것이 목표라고 하는 이들이 있다. 하지만 이은란의 경우에는 다르다. 비록 이 시집이 늦은 첫 번째 시집이라 할지라도 그의 시에는 지나온 날에 대한 정리와 새로운 좌표를 찍은 자신의 모습을 담고 있다. 그러니 어찌 한 권의 시집으로 그 생각들을 온전히 담을 수 있겠는가. 이제 출항을 했으니 시인의 항해는 해협을 지나고 섬들을 지나 대양으로 갈 것이다. 그리고 자신만이 바라보는 바다와 하늘과 새들에 대해 노래할 것이다.

삶에 대한 의무들을 마친 지금 그에게는 시가 가장 중요한 노동이다. 그녀는 코끼리였으나 쓰러져 나비가 되었고 나비는 지금 어느 꽃밭을 날아가고 있는지 행방이 묘연하다. 가을이 지나고 있고 곧 겨울이 올 것이며 어느 날 문득 봄이 되면 사랑부전나비 한 마리가 너풀너풀 날아와 속삭일 것이다. 네가 봄을 아느냐고. 끝

달아실기획시집 23

사랑부전나비를 위하여

1판 1쇄 발행 2022년 11월 11일
1판 2쇄 발행 2022년 12월 12일

지은이 이은란
발행인 윤미소
발행처 (주)달아실출판사

책임편집 박제영
디자인 전형근
법률자문 김용진

주소 강원도 춘천시 춘천로 257, 2층
전화 033-241-7661
팩스 033-241-7662
이메일 dalasilmoongo@naver.com
출판등록 2016년 12월 30일 제494호

ISBN: 979-11-91668-57-5 03810